채널의 입술

형상시인선 30 김정아 시집

채널의 입술

인쇄 | 2020년 11월 25일
발행 | 2020년 11월 30일

글쓴이 | 김정아
펴낸이 | 장호병
펴낸곳 | 북랜드
　　　　06252 서울 강남구 강남대로 320, 황화빌딩 1108호
　　　　대표전화 (02)732-4574, (053)252-9114
　　　　팩시밀리 (02)734-4574, (053)252-9334
　　　　등록일 | 1999년 11월 11일
　　　　등록번호 | 제13-615호
　　　　홈페이지 | www.bookland.co.kr
　　　　이-메일 | bookland@hanmail.net

책임편집 | 김인옥
교　　열 | 배성숙 전은경

ISBN 978-89-7787-972-0 03810
ISBN 978-89-7787-973-7 05810 (E-book)

값 10,000원

형상시인선 30

채널의 입술

김정아 시집

북랜드

자서 自序

왜 이곳에 일방통행이라는 팻말을 걸어둔 건지
우선멈춤이거나 과속방지턱은 왜 버티고 있는지
나, 먼 길 걸어 쑥국새 우는 밤에 닿았는데
자목련은 왜 뚝뚝 눈물을 터트리게 하는지
혼자 퍼먹는 아이스크림 속 달달한 초코가
왜 피식 웃음 나게 하는지

백지는 그냥 두면 희망일 텐데
돌이킬 수 없는 문장을 남기는, 이 알 수 없는 일들
바람은 외로움의 결을 타고 와서는
부치지 못한 편지처럼 지는 꽃잎 그 펄럭거림을
살뜰하게 살펴 기록하게 하는 건지

- 시 「알 수 없는 일들」 부분

2020년 늦은 가을 김정아

차례

1

2

3

4

1

검은 수의 갈아입은 모과를
그늘 짙은 풀밭에 놓아주기로 한다

대결對決

죽도시장 질펀한 난전. 시멘트 바닥에 덩치 큰 문어가 엎드려 사투 중이다. 바닥에서 절대 떨어지지 않으려는 저 흡착

버둥거리는 두 다리를 파란 밧줄로 묶으니 나머지 다리가 재바르게 엉킨다. 필사의 저항이란 바닥을 온몸으로 움켜쥐고 놓지 않는 것. 노란 고무장갑 춤사위가 점점 요란해져도, 우우 구경꾼이 몰려들어도 끝내 문어는 바닥을 고집한다

잡힐 것인가, 말 것인가. 나를 잡아끄는 커다란 손 앞에서 한 번쯤은 온몸으로 바닥을 움켜쥐고 버티어보는 것도 저 문어에게 배워야 할 예의일 듯

블루데이 블루웨이

카멜레온을 목에 걸고 출근을 해요

구석에서 벗어나고 싶은 나는
단단히 묶인 목 혈관으로
빌딩의 기분을 몰래몰래 살피지요

와르르 무너져내릴 것만 같은
도미노 인형이 되어
복잡한 미로에 갇힌 나는
점점 단순해지고 싶죠

둘러댈 아무런 핑계와
던져둘 자존심 따위는
이미 목을 감싼 그의 몫인 거죠

변신을 멈춘 올가미 앞에서
구겨 던진 저녁은
아늑해지죠

허방 놀음에 빠지다

진리 숨긴 진리가 실체인 거리를 활보해요

공중에서 움직이는 무리를 쫓겠다고
치켜뜬 실눈 한껏 진지하네요

오롯이 한 몸 던져 빛을 내는 촛불처럼
공중을 움켜쥔 두 손은 열락의 기쁨이죠

종종걸음 촛농 먹고 자라는 좀비들을 보아요

낯선 그와 뛰는 심장 함께 나누다 보면
가족보다 더 가까운 사이가 되지요

현실도 미래도 온통 이해불가 투성이니
우리에겐 달달한 신의 도피처가 필요해요

그가 유린했던 절망조차 극에 달하면
익숙한 것들조차 신선해지죠

〉

오늘은 처음 가본 어느 거리를 달려볼까요

도깨비놀음하다 꿈이 빠져나간 사방은 허방이죠

유적지도, 공원도, 사원도 지금 좀비들은
포켓몬 친구를 쉼 없이 부화하네요

십 년쯤 뒤엔 꺼내 볼 봉인된 이야기들을
신이라 한들 어떻게 알 수가 있겠어요

달콤한 집착

몇 알의 모과, 내게로 온 그의 향은 신선했다

비닐봉지의 검은 숨결이 터질 것 같다

충동의 이끌림을 오래 가두어 생겨난 검은 반점
안 보이는 뒤쪽으로 감추기에 급급했다

각도를 달리하면 다른 면을 볼 수 있다는 것을
우리는 알아서
목마른 외침은 딱딱한 껍질을 뚫고 켜켜이 새어 나왔다

신선한 향기의 이면에는 상처가 있기 마련
서로가 서로를 보듬던 자리 뭉클해도
열병은 오래가지 않아
미끄러지듯
손안에서 빠져나가는 옹이

검은 수의 갈아입은 모과를
그늘 짙은 풀밭에 놓아주기로 한다

취급 주의

빛의 순간들이 통증 속으로 들어온다

소금 뿌리고 참기름에 조물조물
시금치가 시금치로 살아나
나 푸른 식탁 차려낼 참인데
난데없이 접시에 금이 갔다

우아하게도 뻗어가던 곡선이
빗금으로 멈추어 서서
음전하게도 백지장 얼굴을 바라본다

겉도는 이야기로 발톱 다친 그를
눈 돌려 외면할 때 바닥은
기름기로 번들거렸다

어긋난 갈비뼈 비집고 들어온 참기름이
무심의 식탁을 향해 드러내는 속내

갖은 폼으로 행세하려 했던
오만의 순간이 부끄럽다

한때

따라붙으면 운명도 파릇해질까
'한때'를 기웃거린다

퇴색해버린 수채화 속에서도
뜨거움이 만져지는 한때가 있었다고

벙글어 터질 듯 웃던 한때
울먹였던 한때
찬란했던 한때

지나간 말의 부스러기들을
서로 엉켜 붙이다가
우리는 서로의 얼굴이 박제된 걸 알았네

웃는 나를 또 누군가 따라 웃을 한때

남겨진 한때가
돌아올 한때를 기다린다고
한때를 지키고 있는 것 또한
한때라고

〉
쏟아내었던 거친 숨결에도 익숙해지던
오늘도 어제로 남을 우리의 한때

남방을 빨다

줄무늬 위로 흰 거품이 몽글몽글 뒹굴어요
입고 벗으며 남방은 시시때때로 전율했죠
두 소매를 쭉쭉 펼치고 빳빳이 세운 칼라
달구지 않아도 설렘은 팽팽했던 거죠
몸뚱아리는 알죠. 십여 년 전 그날로 돌아갈 수는 없다는 걸
쓱쓱 비빌수록 거품이 나는 걸 보니
아직 움켜쥘 열기가 남았나 보네요
예리한 디자인과 부드러운 재질은 완벽한 궁합
얼마나 두근거렸던가요, 뛰는 심장
그대는 낯선 물거품 사이로 아릿하게
쓸쓸해진 비눗방울과 함께 흘러가네요

추락하는 동심원

냄새에 이끌려 비닐 커튼을 연다. 손바닥에 탁탁 기름을 바르는 그녀. 한 주먹 떼어낸 반죽, 손놀림도 재바르다. 설탕가루는 원의 중심으로 몰려들고 눌러 펼친 찹쌀 반죽은 노릇노릇해진다

마트에 가서 나도 호떡믹스를 산다. 포장지에 적힌 레시피는 친절해서 그의 지시를 어기면 실패는 뻔한 일. 따뜻한 물 40도에 이스트를 녹인다. 반죽용 가루에 잼믹스를 넣고 반죽을 오므린다. 팬을 달군다. 그녀처럼 나도 호떡을 뒤집는다. 중심이 중심에 다가가지 못하면 사방으로 와자히 퍼지는 설탕물. 또 실패다

뒷면을 넘겨보지 않고도 적당한 온도를 뒤집는 그녀가 부럽다. 나는 너의 한쪽만 보았던 것. 애초에 호떡이란 겨울 비닐 커튼 포장 안에서 먼 길 가는 사람에게도 꽃그늘을 흘려보내기까지 그녀가 바닥에 그린 동심원은 몇 개나 될까. 달구어진 프라이팬의 온도를 직감으로 알기까지 그녀는 몇 번이나 손금을 그을렸을까. 동심원이 쫄깃하다

봄, 불시착

다섯 가지 반찬 넘지 않는다는
절집 밥상 철칙에도
내게 차려진 반찬은 무려 열 가지
이유는 뭘까?

여섯 살에 출가하여 구십 살에 이르기까지
암자에 산다는 비구니 스님
그가 내어온 쑥국은 해탈의 맛?

주린 배 따뜻해지자
파랑 같은 세월의 행간을 지난 노스님
아직은 곰인 채 웅녀가 되고 싶은 내게 묻는다
"그래 자네는 몇 살이고?"
"어디서 뭐 하노?"

저 야무진 출가出家의 얼굴은
백일 동안 나를 가두어도 좋을 피안이다

"나는 누구지?"
"어디서 왔더라?"
"어디로 가야 하지?"

호통은 꽃 피기 전 바람 같아서
말라버린 나무는 더 바싹 말리고
젖은 나무는 물관 더 열게 한다

봄볕 서성거리는 극락전 마당은
자꾸만 발이 가렵다

지하 서사敍事

붐비는 지하철에서 남자가 구걸을 한다
엊그제 교도소에서 나왔노라는 양손에
종이박스 들려있다

한 푼만 보태달라는 손글씨는 앞으로 잘 살아가겠다 한다

닫히자 열리는 통로
간절한 걸음
손가락도 머리카락도 냉랭한 외면이다

도와달라는 메아리가 지하를 맴돌다
부푼 파장이 되어 나를 멈추어 세운다

머지않아 그에게 어떤 수익이 있을지는 알 수 없는 일

지하가 남자를 외면한다고 해도
염천의 바깥으로 쉽게는 튕겨지지 않는다

구석구석의 눈길을 주워 담은 종이박스

열꽃 핀 지폐 속 위대한 얼굴들이 수거되고 있다

가혹한 네모의 방이 또 한 번 그를 가두지 않기를 바라면서

잘못 구긴 내 길의 일부를 펴서

그가 내민 종이박스에 슬쩍 밀어 넣는다

멍

서로를 떠밀다가 우리는 얼얼해졌다

치열하게 반겼다고 해야 하나
사각 통유리와 나
서로 멀쩡한 걸로 보아
우리의 이마 참 단단하다

조정되지 않는 몸뚱이는
더러 의지와는 무관할 때가 있다
이율배반을 안겨주기도 한다
그래서 우리는 가끔
부딪혀 넘어지는지도 모르지

나른한 통증에 보태어진 멍은
이틀이 지나고서야 내게로 찾아와
버킷 리스트 하나를 더 추가하게 한다

거북한 상처의 깊은 뜻

예견하지 못한 곳에서는
조금만 느리게 가라는 경고일 것이다
이마에 박혀 있다가
가슴 깊숙이 내려온 멍

내건 푸른 깃발 하나는
투명한 당신과 나 사이
위험을 알리는 무선국이 되고

겨울의 뒤켠

새벽 긴 입김에 잠긴 목소리

잡급 일용인부들, 길모퉁이 옹기종기 모였다

마른 꽃대를 덮고도 둥근 화분은 온몸이 얼었다

한때 활활 타올랐던 불씨들은 어디에 감춰두었나

이때 굵은 손마디들에게 호주머니는 신전

달려온 봉고차가 인부들 급하게 데리고 갔으니

그나마 다행인 겨울의 뒤켠

모두 다 사라지고 없어 졸음 겨운 자리에

눌려 머리 헝클어진 둥근 화분만

덩그러니 남았다

우리

아무도 들어오지 못하게
아무도 빠져나가지 못하게
알다가도 모를 듯
모르다가도 알 것 같은
울타리를 치는 거야

딱 그만큼의 거리에
딱 그만큼의 간격으로
기둥을 세우고 펼치는 철망

더는 가까이 올 수 없게
더는 빠져나갈 수 없게
우리라는 전류를 흘려놓는 거야

결코 벗어날 수 없는 경계의 안쪽에서
매일매일 허물어질 울타리를
우린 꿈꾸는 거야

알다가도 모를 듯
모르다가도 알 듯

보라의 길

오동 나뭇가지라는 낯선 무대 위에서
조롱이와 동고비가 춤을 춘다
나무발바리도 합류했다

잃어버렸던 귀걸이 한쪽이 돌아온 아침
밤을 새운 불안이 헛되지 않았다는 믿음은 우연일까

끝내 흥은 다 풀지 못했더라도
그림자처럼 졸졸 따라다니는 여운은 묘해서
나 숙제 중인 진드기 같다

날개가 있어도 날아오르지 않는 무희가
투박한 구두 뒷굽에 깔리는 폭우를 밟고
격정의 플라멩코를 춘다고 해서
갈망이 진정한 자유가 될 수 있을까

저마다의 춤에 흠뻑 빠져든 새들
품으로 파고드는 음악에 얼얼하도록 나는 손뼉을 쳤다

〉

하루치의 피로를 누이러 집으로 돌아가는 길

무언가를 가득 채운 폴더처럼

오동꽃 환하게 걸려있다

모래시계

기력 잃어 비틀거리는 책상에게 보내던 눈길
아프리카에서 건너온 스투키가
모래 화분에 갇혀 말라가고 있다

툭 툭 뽑아 쓰려 놓아둔 각티슈에
바닥을 헤집는 손이 부끄럽다

자리에 있어야 할 것들이 어느 순간 무질서해졌다

당연히 그러하리라 했던 것들의 배신은
이어지다 말라갔고, 사라지다 어긋났다

관심이라는 이유로 엮인 우리라는 달달한 말
갈라서면 더 큰 부담이지 않던가

말라가는 스투키에게
문명을 등진 어느 부족의 장단을 들려주지만
허밍은 곧바로 새어 나오지 않았다

〉
우리는 자주 무거워졌고
뒤집어주는 계절의 손에 가끔씩
먼지처럼 가벼워지기도 했다

화사해볼까요

핑크쯤이면 당신은 마음에 들어 하실까요
당신이 좋아하는 색은 블루였죠
하지만 핑크와 블루는 아주 잘 어울리죠

곱게 단장하고 당신의 흰 손을 기다립니다

반듯한 체위는 더욱 돋보이게 하겠죠
들뜬 환호성으로 나를 품에 안은 당신은
생각만으로도 따뜻할 것 같아요

갑갑해집니다. 사각의 방 눈부신 유리 벽
야위어가는 기다림은 언제까지일까요

안으로 여물어가는 나의 말들이
당신의 붉은 심장을 툭 터트리고
당신을 얻은 기쁨으로 내 몸은 마침내
나른한 열락에 빠지겠지요

34

기다림에 익숙한 듯 나를 기다려온 인형들
떨리는 눈길 창가로 끌어당기는
설렘이란 이런 것이겠죠

웃음꽃 반짝이는 당신, 내게로 오시는군요

모바일문

가벼이 떠나기에 좋은 날이야
순간순간 우리만의 숫자는 밀봉되어야만 해

낯선 곳에서 든 잠, 깨어나는 시간은 아침이 아니라도 좋아
친숙했거나 은밀함만으로도 우린
언제나 속삭임의 반경에 갇혀있지

멀리로 떠났다 다시 돌아올 때는
밤기차를 타지 않아도 좋아
잡은 손 끝내 놓지 않을 것을 우린 알고 있지

서로의 몸 가장 깊은 곳에 세포로 새긴 작은 칩의 우주는
서로를 구속한다고 해도
모르게 놓쳐버린 것들에 대해
우리는 또다시 미로를 헤매지

환각 같은 달빛을 함께 기다리기도 했으니
안타까워하거나 아쉬워할 이유가 없다는 것이지

우리 잠시 멀어진다고 해도
결코 서로에게서 벗어날 수는 없지

2

기어가는 개미를 닮아가는 몇 줄 연애詩
허리가 잘록해졌다

몸값 올리기

고깔 쓴 복숭아는 창백한 얼굴이어도 값은 비싸다. 기미와 주근깨 내려앉은 복숭아는 맛은 좋으나 헐값이다

중앙대로 횡단보도를 마주 걸어오는 사람들 웃는 얼굴과 붉힌 얼굴에도 값이 매겨질까. 횟집 수족관 물고기는 자연산보다 양식이 수명이 더 길다는데, 몸값 좀 올려보려는 나는 어느 기준에 맞추어야 할까

갈등의 얼굴은 좌와 우가 달라서 바라보는 그대 눈빛의 각도에 따라 내 화장법도 달라져야 할 것

치명적 선택 앞에서 기준을 갖지 못한 나는, 오늘도 카멜레온이 된다

담쟁이길

길상사에 가려고 성북동을 걸었네

담장은 높고 붉어서 아찔했네

제 몸 절반쯤 상처로 얼룩을 만드는 잎들
거기서 거기인 나의 반경에 비하면
저 담장 안에는
아마도 별나라 공주가 살고 있을 거라고
그래서 담쟁이들도 자꾸만 기어오르는 거라고
상상은 칭칭 금기의 담을 타고 올라갔네

높고 높은 저 허공을 휘젓는 손

머나먼 우주 이야기 한번 들어보려고
걷고 걸어 푸른 하늘에 닿았는가

무소유의 푸른 하늘이 부러웠을 뿐이니
담쟁이길 아마도 여기가 길상사였네

겨울 철탑

서랍 청소하다 만난 동전들
풀 죽은 모습이다

한때 반짝였으나
제법 묵직해진 침묵을 들고
그냥 둘까, 지폐로 바꿀까
고민은 깊어졌다

말로 주고 되로 받아온
거래의 구간을 건널 때마다
호주머니 속 잔여물로 남은 동전들

먼지를 닦고 쌓아 올려놓으니
누구나 소원을 빌어도 좋을
적요한 겨울 철탑이다

웅크린 살색은 여전히 거뭇하지만
활보하고 다닌 거리를 합치면

지구 한 바퀴쯤의 거리는 되지 않을까

오랜 내 게으름도
저 현현한 세상 속으로
돌려보낼 때가 된 것이다

통증

스마트폰 속에 칸칸의 방이 감춰져 있다

노란 꽃잎커튼도 걸려있다

한낮의 고요로 나를 구속하더니
귀 따가운 알람으로 잠을 깨운다

파란 눈 고흐의 자화상은
왜 화병에만 갇혀있느냐고 해바라기를 흔든다
아침인데도 예의를 잃는 감옥
흩어졌다 모이는 분칠한 얼굴들이
날개 오므린 나를 넣고 빗장을 채운다
진심을 외치는 바람의 한 줄 터치에도
가볍게 추문을 보여주는 깃털
그걸 사랑의 기도문이라 꺼내놓는
벌의 화법은 대개 진부하기 그지없다
질투에 눈멀어 거르지 않고 내지르는
옆집 여자의 악다구니가 차라리

뚝뚝 꽃물이다

벌을 움켜쥔 내 손바닥이 화끈거린다

기역의 기억

기역을 긋는 손가락이 허공에서 희다

병실 작은 유리창 너머로
파리한 얼굴 황달의 눈동자 그가
침대 옆에 놓아둔 휴대폰
'기역'을 그으면 열릴 거라며
드러내는 흰 치아

어떤 은밀함에서도 멀어진 그의 목소리
난데없이 쟁쟁하다

"죽고 사는 건 오직 신만이 알겠지요"
라는 대목에서
또 한 번 아아아 기역은 비명이다

잠긴 병실 문이 열리고
급히 굴러 들어온 냉동 침대가
기억에 넘어진 옆 침대의 환자를 옮겨 싣는다

〉
기역의 문으로 기억을 닫더니
미끄러지듯 사라지고 있다

나른한 연주

    남자가 머리를 감겨준다. 정수리로 난 길로 손톱이 지나간다. 남자의 손가락은 변두리에서도 분주하다. 미루나무로 서 있는 귀의 안테나도 접었다 편다. 손끝은 라벤더향 샴푸를 짤 때 목덜미 바위에 이르러 잠시 멈추어 선다. 후끈한 땀 냄새가 코를 통해 내 속에 전해졌으니 이제는 미끈거릴 차례다

    거침없는 아귀힘에 스르르 감기는 두 눈. 밀려드는 해수의 언저리가 좋다. 가렵고 가려운 그곳을, 서럽게도 간지러운 그곳을, 조금만 더 긁어주기를 바랐으나 슬쩍 스치고 마는 손끝

    거품꽃은 미열로 핀다. 눈꺼풀 번쩍 뜨는 먼 심해 산호초. 나른한 합창 소리를 듣느라 미루나무 팔랑거리는 수천의 귀. 미용실 남자는 까마득히 모르는 눈치다

그들의 시나리오

헛꽃 거느린 산수국과 맨발이 마주쳤네

참싸리 보라꽃을 만난 발톱이
흰 찔레꽃을 만난 발톱이
옅은 수국과 더 잘 어울린다는 것을 알았네

자세히 보고 오래 보면 예쁘다는 누군가의 말이
발끝을 타고 올라와 머리에서 바글거렸네

눈을 치켜뜨고서도 나를 알아보지 못하던 그들이
폭설 속에 핀 꽃이라도 보았다는 듯
멍든 내 발톱을 기억하기 시작했네

유혹할 벌들은 다 어디로 간 거야
숲이 캄캄해질수록 더욱 환해지는 그들

꽃을 닮아가는 생존법에
발등 부어오르도록 먼 길 걸어온 나
차라리 헛꽃이고 싶어졌네

혼밥족

난 한 마리 고슴도치야
아웃사이더가 편해

혼자가 좋아?
둘이 좋아?

혼자는 싫어
아니 둘도 싫어

아무도 찾지 않는 동굴의 아늑함 속에서
누구라도 와 주길 내심 기다리지

외로움 따위는 안전을 담보로 한 사치일 뿐
더 이상 가까워지는 건, 원치 않아

겉보기와 다르게 속절없이
속은 부드러운 바게뜨 빵
씹을수록 고소해

〉
오늘의 페이스북 포스팅에 '좋아요'가
무려 오십 개나 달렸다고
세운 털 눕히고
웃는

이주시키다

화분 뒤에 웅크린 바퀴벌레를 보았다

안락의 거처를 엿보는 나를
당황한 그는 불청객인 줄 안다

한 발짝 따라가면 또 한 뼘 멀어지는
스릴의 막은 베란다를 긴장케 했다
간격을 좁혀놓으면 저만치 앞서가고
결국에는 내 두 손에 들려진 승리의 쾌재

철거를 앞둔 옥탑방 이재민인 양
거주자 파악 중인 나를 만난 듯
눈길을 외면하려 한다

치열한 숨바꼭질 끝에 휴지로 염한 그를
물살 빠른 변기통에 돌 돌 돌 던져 넣고 나서
쏴~아~ 내리는 물살은 통쾌했다

그가 한동안 묵었던 둥근 화분은
햇살 쪽으로 한 걸음 더 옮겨 앉고
그는 물길 따라 어디든 흘러갈 것이지만
그나마 눌러 터트리지 않았기에
가슴은 서늘했다

재회

충치 구멍 메워두었던 한 조각의 금이
까끌까끌 신호를 보내더니
쑥 빠졌다

손바닥에 얹어놓고 보니
너는 나를 알 만큼 안다고
어느 순간에는 내 몸의 일부가 되고 싶었다고
마지막까지 반짝인다

내가 어느 날
불안을 동반한 낯선 소식을 들었을 때
너도 따라서 들던 우묵한 침묵
머리에서 발끝까지 온몸 깊숙이
수많은 교신을 이어주어
질근질근 씹히던 욕망의 살점들

대칭의 조탁이 친근함을 버린 것은
너로 하여금 힘에 부치게 했다는 것

〉
오늘 나는 너를 안고 치과에 간다

추억을 다시 본딩하기에는
어쩌면 어렵지 않은 일인지도 모른다

너는 내 몸에 이미 익숙해져 있고
너를 안고 가는 내 머리 위 햇살 또한
금빛으로 환한 걸 보면

질투는 긍정이다

아래로 내린 꼬리 두 대의 휴대폰이
화장대 위에 놓였다

노트북 꼬리가 합류를 시도하자
하나의 꼬리를 피해 두 개의 꼬리는
서로 떨어지지 않으려 한다

현장은, 은밀한 엉킴
동족의 본능 같은 것, 아니면
은근슬쩍 닿고 싶었던 속살일까?

합류를 꿈꾸는 노트북 꼬리가 그러했듯
나 또한 훼방 놓고 싶지만
휴대폰에서 흘러나온 실뱀 같은 두 개의 꼬리는
꼬이고 꼬여서 근친상간이다

에라, 모르겠다
서로 닮아서 끌리든지 말든지

살갗 문지르다 속으로 파고들든지 말든지

슬쩍 밝음이 비켜간 자리에도
낮 뜨거움이 엉키면 문명이 자란다 하지 않던가

조금씩 밝아지는 화장대 모서리
불쑥 솟구치는 긍정들

간벌하다

휴대폰에 등록된 일천 명의 이름들

나 훌쩍 세상을 떠나게 되어
누군가 그들에게 내 부음을 알린다면
개중에 이미 나와 멀어진 몇몇은
웃는 송충이 표정을 짓지 않을까

가끔은 환기가 필요하고
적당한 그늘이 필요해서
오늘 나는 남보다 못한 이름들을 하나씩 지운다

그녀 그리고 당신조차도
지금 내 손끝에서
바람 앞 촛불처럼 불안하다

다시 돌아올 수 없이 깨진 쪽박처럼
진즉에 버려야 할 이름들을 골라낸다

이름과 이름 사이 자유로이 바람 드나드는 공간을 위해
내일은 좀 더 헐거워지라는 주문도 보탠다

나의 숲에서 솎아내어야 하는 건
기력이 다한 나무들과 솔잎혹파리처럼 번지는
근거 없는 나쁜 소문들

허기의 값

경마장 근처 경매장 간다

옻칠 된 진열장 위 음전하게 앉아있던
낡은 골드스타 라디오를 본다

시그널 뮤직이 발밑으로 천천히 깔리고
정감 있는 목소리 DJ의 오프닝 멘트는
일천구백팔십 년 겨울 정오에 닿았다

태엽을 되감다가 만나는 내 십대의 실루엣
갱시기를 앞에 둔 할머니 앞에서
나는 고드름이 되어 주르르 녹는다

회전 좌판에 올려진 모란 두른 흰 요강과
포장도 뜯지 않은 어제의 신품들
저울도 없이 경매사는 둥근 흥정이다

무엇으로도 데워지지 않는 오늘의 갈증도

저 낡은 갈색 라디오 속에 넣고
달려온 세월의 방향으로 돌린다

허스키한 목소리 DJ는
내가 몇 번을 갈아탄 말안장도
얼마의 가치로 가격을 매겨줄까

보이는 게 전부는 아니야

알몸인 귤이 정갈한 식탁에서 뒹군다

켜둔 갓등의 눈이 훑고 지나가자
더욱더 은은하게 빛나는 탱탱한 살결
몸의 가장 먼 곳으로부터
일시에 몰려오는 입안의 침들

좋아요
최고예요
멋져요
아니 차라리 슬퍼요
부푼 이야기에 어느 순간 탁자는 말랑해지고

맛나겠어요
침이 고여요
먹고 싶어요
가릴 것은 철저히 가리고
보일 것은 아낌없이 보여준다는 껍질 안쪽

〉
공간은 이제 어떤 금기도 없다

와이파이를 타고 넘어온 침은
꿈틀거리는 의자를 적시고
귤의 알몸도 물컹해지고

풍경의 트랙

혼자된 왜가리가 돌아와
마을 앞개울에 살고 있다는 말을
텃새에게 전해 들었다

짝은 어디로 간 걸까
혼자는 불안해 보여

옛 친구들 소식이라도 듣는가
바람결에 기울이는 귀
명예 퇴직한 경이, 손자 본 숙이, 교장이 된 미화
도는 운동장 트랙을 따라와
선명하게 줄을 긋는다

나른한 이야기가 흐르는 개울물 위
외발로 선 왜가리 칭얼대는 풀숲 마를까
어쩌다 한 번씩 밀어 넣는 부리

깔깔거리는 물소리에 오래도록 기다렸지만

왜가리는 다음 날도 그다음 날도
한쪽 발을 바꾸지 않는다

지그시 눈 감고 돌리는 하늘 트랙
은하도 왜가리도 나도 저 혼자 흐른다

우린 이렇게 늙어가는 거야

스미다, 베토벤

뜨겁고 진한 더치커피의 맛이다
갈증 난 목구멍을 타고 흘러내리는
폭풍 제3악장은

안간힘 쓰지 않는 목소리는 중저음
설핏 주름진 그의 옆모습까지 나붓나붓 재생된다

가늠할 수 없는 선율들
일제히 잔 속으로 파고들어
순간과 순간은 열정의 불꽃이다

그가 건네는 이야기들은
깊고도 느리게 쏟아지는 빗줄기
소절 소절은 폭풍 만난 나무 같다

덮쳐오는 절망의 반대쪽으로 몰려가는
산발한 두려움들

베토벤 제3악장이 휘저은 커피는

번식 본능 잃어버린 길고양이처럼

그늘진 담벼락 모서리에서

꼬리를 내린다

밀회

두 마리 개미 밀회 중이다
맞댄 이마 한참 동안 그대로다

소꿉놀이하듯 저들도 역할이 있을까?
쉽지 않은 계획으로 저들도 밤을 새워 고민을 할까?
그러다가 이내 끝이 나고 말 사랑싸움도 할까?
다시, 시시콜콜해질까?

질투는 언제나 나에게 달콤함을 주었으므로
그래, 눈감아주는 거다
어쩌면 종種은 다르나 달콤함을 좋아하는
저 개미들의 심장 또한 나와 닮아있을지도 모르지

페로몬 냄새는 지워지지 않는 야릇한 얼룩

기어가는 개미를 닮아가는 몇 줄 연애詩
허리가 잘록해졌다

3

평화로운가? 우리는 지금
한 통 속에 갇혀 순번 없이
자문하면서
지하로 내려가는 중

동행

커다란 꽃 천막 펼친 나무 아래
언제부터인지, 바위는 그 자리에 앉아있다

천의 꽃송이 각혈을 하고 또 해도
그걸 지치도록 바라보는
창백한 결가부좌

저기 저 빛, 저기 저 웃음
소란과 고통으로 단단히 여문다 해도
침묵의 몸뚱아리가 비로소 터트린 그윽함으로
다 받아줄 수 있다면
그대 또한 바위이다

전사의 강인함 깃든 바위 그대에게
촉촉한 바람 냄새 펑펑 터지는 축제의 날에
나 모진 열병 그만 눕혀도 좋으리

주렁주렁 링거를 단 나무가
이제 수액을 건넬 차례다

단순한 배경

　병실 205호에 조○분, 이○분, 김일○, 이화○, 손분○, 장○
분 꽃가루 자욱하다

　살갗 세포 말라가는 데는 순서가 없다. 84, 90, 87, 92, 79,
98 꼬리표 단 식판이 문을 열고 들어선다. 냄새를 응시하는
흐린 눈들, 기억 속 블랙홀에 다녀온 듯 잠시 반짝인다. 어떤
기대도, 어떤 불안도, 어떤 욕망도, 허기만큼은 온전히 놓아
주지 못한 걸까

　이렇게 자꾸 흘리면 안 된다고 요양사는 희멀건 야채죽 앞에
서 가벼운 힐책이다. 간장 종지 흔들던 공기를 한 번 더 가르
는 말투는 "꾸욱 꾹 삼켜야지…." "응 응." "잘했어." 천진한 아
이처럼 턱받이를 한 구순의 분이들 맛있다고 환하게 웃는다

　꾸역꾸역 견딘 질곡의 시간들이 맑아지는 205호는 해가
넘어가야 환해지는 분꽃밭. 잘들 계시라고 손 흔들어주고
나서는 문간, 허기로 휘청거리는 나를 어둠의 손으로 일으켜
세우는 분분한 삶의 실체들

모서리 당신

오수에서 깨어난 아지랑이가
하얀 솜이불로 흔들립니다

베란다 난간 모서리를 지우는 중입니다

아이들 재잘거림은 놀이터 시소를 튕겨
빨간 미끄럼틀에서 미끄러집니다

그 곁에서 헌옷 수거함은
쓸 만한 옷을 달라고 졸라댑니다

가끔은 혼자 지치기도 했을 구석자리는
아지랑이로 피어오르던 나를
그 큰 눈빛 당신이 바라봅니다

지난 상처 따위도 모두 품어 안겠다고
뒤가 묵직한 등입니다

여전히 모서리를 차지하던 아지랑이는
캄캄한 물소리 하수구로 흘러듭니다

아무도 모르는

몸뚱아리 포갠 두 마리 광어가
인적 끊긴 수산시장 적요에 갇혀있다

그들을 가둔 건 작은 플라스틱 바구니
운신할 공간을 갖지 못해
서로 포갤 수밖에 없는 두 마리 광어는
맞닿은 맨살로 교신을 나눈다

스르르 감았던 눈을 뜨기도 하고
푸드득 내리치는 꼬리로
살아있음을 증거 하는 물방울

말로 다 못 할 고민들로 까무룩 숨죽이고 있던 나
누군가에게 적막의 흰 살갗을 보여줄 수 있다면
등이 조금 무거운들 어떠리

가끔은 아래쪽 광어와 위쪽 광어가
아무도 몰래 자리바꿈을 하기도 하는

공간 이동

익숙한 소인을 네모난 아침에 본다. 단단히 여민 박스를 벗기니 둥근 사과들 탐스럽다

붉다. 이슬 채 마르지 않은 사과. 나보다 먼저 베어 문 것은 꿈틀거리는 벌레였다. 다물지 못하는 내 입을 살피는 한 마리의 벌레. 음전히 들어앉은 작은 몸뚱아리에서 멀미의 냄새가 났다. 마알간 얼굴은 아버지를 빼닮았다. 이마 넓은 아버지의 나직한 목소리. 저 높은 우주에 유배된 황금빛 단물을 수혈해 주러 온 것이다

벌레와 나 전율의 눈 맞춤에서 겨울 사과나무 화목 냄새가 났다. 엄지와 검지로 주워 든 벌레는 눈 깜짝할 사이 지문 속으로 들어간다. 오욕五欲을 비켜난 더미의 인연이니 나를 건너 간 벌레인 당신은 어느 행성에 또 사과나무를 심지 않을까

길이 숨겨진 지문 위 비밀이 타임머신처럼 훌쩍 순간을 건너뛴다. 벌레가 머물던 사과의 살갗 토굴 입구를 아그작 깨물어 삼킨다

공감, 한 통 속의

엘리베이터 거울에 갇혀있던 여자
한 남자가 올라탄 후
정색한 정적에 한 번 더 갇혔다

6층에 엘리베이터 멈추어 서자
엄마 손잡고 오른 아이가
그 남자와 나의 정적 속에 다시 갇혔다

네모난 공간 숫자 5에 멈추자
할머니보다 지팡이가 먼저 발을 들여놓는다
그때서야 아이가 앵무새처럼 정적을 깨운다
"안녕하세요?"

거울을 보던 여자와 마주 보는 남자
노란 모자 아이와 손을 잡고 선 아이의 엄마,
할머니 그리고 다섯 사람 사이에 세워둔 지팡이는
알 수 없는 어떤 메시지 같다

평화로운가, 우리는 지금?
한 통 속에 갇혀 순번 없이
자문하면서
지하로 내려가는 중

풍경의 뒤켠

꽃 필 때 앞줄에 서 있던 난蘭이
꽃 지자 뒷줄이다

퇴역, 황금빛 화분의 대열에서 뒤로 밀린다는 것
어쩔 수 없이 우리는 그걸 숙명이라 하고
밀려난 난조차도 미련을 들먹이지 않는다

해안가 버려진 폐선처럼 밀려나
바다에 들지 못해 덕지덕지 개흙 엉겨 붙은들
시나브로 마감된 풍경의 등 뒤를 지키기에
당신의 하루는 얼마나 고단할까

그동안 나만 바라보았다는 치사한 너의 변명도
왠지 다감하게 힐끗거리고 싶은 나도
머지않아 뒷줄의 난蘭

삐죽 솟아난 소원의 누대에
새로 들인 싱싱한 난蘭이 올려지는

〉
그게 이치라는 듯
다시 환해지는 앞줄

요리하다

양철 감옥에서 꺼낸 붉은 로스햄을 어떻게 요리할까? 날렵한 살점 그 옆에 속살 허연 양파를 비스듬히 눕힌다. 바닥에는 나른한 기지개로 일 년쯤 묵힌 김치를 깔아준다. 잘게 토막 내어 통통 튀도록 흩뿌려준 파는 싱그러워야 한다

세팅의 완료는 고조된 긴장이다. 절대로 포기하지 않으려는 어떤 애착이 서로를 자꾸만 밀어낼 때, 오래된 것과 날것들이 드디어 엉키도록 기름을 부어준다.

서로 엉킨다는 것은 얼마나 숭고한 일인가. 모서리를 세 번 친 당구공이 목적구에 이르렀을 때 터트리는 환성처럼 바닥 뜨거운 프라이팬 위에서도 파와 양파 로스햄, 묵은지, 서로 달구어지며 벌이는 몸의 교합

마침내 지글거리는 교성이다. 익어가는 소리 익어가는 냄새는 익어가는 나에게 가끔 위로가 되기도 해서 들숨과 날숨으로 움츠렸던 긴장도 풀린다. 그래도 내일은 살아가야 할 희망이 있다고 색색의 시간을 버무려 놓는다

꿀풀의 변명

지하상가 샹들리에 불빛에 진열된
꽃 슬리퍼를 샀다

반짝이는 유혹 뿌리치지 못해 품에 안긴 슬리퍼
뿌리치지 못한 본능에 변명은 치사할 뿐이지

부적절한 동행일수록 쑥쑥 자라나는 쾌감
발등에 야생의 꿀풀 얹은 나는
익숙해진 편안함보다 끈적한 고통을 택했다

꽃 슬리퍼 신고 이곳저곳 다니는 동안
불안이 불안을 눌러 점점 아파오는 발등
핑크꽃 내 발등에 활짝 피었어도
어디서 무얼 하는지
나비는 날아들지 않았다

치수가 맞는데도 점점 더해오는 통증
뿌리 억센 꿀풀은 안간힘으로 발등을 뚫고
내 몸속에 들고 싶어 했다

채널의 입술

붉은 입술 속으로 랍스터 뽀얀 속살이 들어와요

망설이지 마세요. 망설이면 후회합니다
절대 채널을 돌리시면 안 됩니다

기하급수적으로 올라가는 주문 전화
얼마 남지 않은 시간은 원 플러스 원
이런 구성은 어디에도 없다고
더 이상 있을 수 없는 소중한 기회라고
감추어둔 내 후회의 시간을 들춰내고 있어요

달콤하고 말랑말랑한 말들 모두 진실 같군요
지저귀는 그녀는 앵무새잖아요

아~!! 역시 현명한 분들이 많으시군요
매진 임박입니다. 서두르세요

나는 채널을 돌리지 않아요

〉
시간이 정말 얼마 남지 않아서
입술까지 둥둥거리게
더 빨리 뛰는 심장

질주본능

단조로운 하품을 데리고 드는 터널
문은 언제나 열려있다

제한속도 80km라고 적힌 팻말 앞에서
나는 왜 속도를 올리고 싶어지는 걸까?
라디오 채널이 주파수를 잃어서일까

터널은 목부터 아래쪽으로 이어진
검은 와이셔츠의 앞 단추인 듯
한꺼번에 벗기고 싶은 허물이다

다가와서 뒤로 사라져가는 것들 대체로 냉정했고
건조한 질주의 한계는 어디까지일까?
감당할 수 있는 나의 한계가 궁금하다

어제는 지리멸렬의 장막 속이었으니
오늘은 타는 불길이 되어 무한질주를 해 볼까

냉랭한 성곽 그대의 품에 들었으니
불어오는 바람에 입술을 맞닿아볼까

세차게 밟은 엑셀러레이터 위의 오른발로
터널, 무료無聊의 어깨를 슬쩍 감아볼까

핑크가 걸어오다

돈이 들어온다는 빨강
도발적으로 보인다는 빨강
빨강이 두려운 나는
립스틱을 핑크로 바꾸었다

당당히 핑크를 택한 죄로 건너온
수많은 설렘의 밤

꽃나무에 기울이던 두 귀도
밤새 후끈 달아올라
도시의 불빛 속을 배회하고 싶어졌다

눅눅한 핑크였고
활짝 피지 않은 핑크였고
도무지 누구도 알 수 없는 핑크였던 나는
호기심 많은 사람들 눈길을 기다려왔다

소문 많은 빨강 앞에서도

빙그레 헛웃음을 날리는 핑크

핑크가 핑크에 짓뭉개져도
나의 핑크는 굳건했다

해방 구역

유리로 된 네모난 집
초록 거처를 마련해 주었는데도
달팽이는 안간힘 쓰며 벽을 기어오른다

어디쯤에서 포기하는 사랑이
가장 오래 기억될까

머리 위로 뜬 달이
종이 차양처럼 덮이는 날이면
가끔은 샛길에서 얻어지는
희열도 있는 법이라고
또다시 탈출을 꿈꾼다

포기도 없이 위를 향해 오른다

자신이 싸놓은 마른 똥 먹다가
살이 쪄버린 달팽이는
오르는 벽이 유리상자인 줄도 모르고

이마 맞댈 자신을 찾아간다

이제 자웅동체인 저들을
누가 초록 숲으로
돌려보내 줄까

침묵沈默 그 이후

여린 흔들림 가지 끝에 남기고 새가 날아갔다

떠난 자리 파문이 연기처럼 퍼진다

놀라 허둥대던 잎들 침묵하던 새의 날갯짓을 알아

바닥으로 떨어져 뒹굴면서도 비명을 남기지 않는다

새가 날아간 마당 어제의 시간에서

그늘이 날아오른다

가지엔 이제 몸을 가누지 못하는 춤사위만 남았다

흩어지기 위해 마른 잎들이 하나둘 모여든다

잔뜩 노란 물이 든 *승천원昇天院 마당

살과 뼈를 태운 연기에 깊이 내렸던 적막이

지워지고 있다

  *승천원 : 경북 상주에 있는 화장장

88

13월의 마법

판을 깨고 싶어
그럴 수 있을까
응

불안에서 튀어나온 또 다른 불안은 늪
말랑말랑한 말들이 서로 기댄다
따스하다

저 견고한 유리벽을 깰 수 있을까, 우리가
그럴 수 있을까
정말 그럴 수 있을까
응

벽을 투과하여 들어온 볕의 긴 살랑임
바깥은 분명 환하고 따스할 거야

능숙한 마술사가 나무 박스에서 하얀 새를 꺼내듯
판을 깨고 싶어

늪의 불안이 나른해지도록

꽃그늘 커튼

혼자 숨어들 커튼도 때때로 필요하다

남의 앞날을 잘 내다보면서
자신의 앞날엔 무채색 커튼을 드리운 남자
재물운도 인복도 대체로 괜찮다고
내 운세를 점친다

햇살 주술로 단 몇 분 만에 만 원짜리 지폐를
플라스틱 바구니에 챙겨 담는 남자
축제장 노상에 자리 펴고 앉은 남자
정식으로 한번 오시면 잘 봐 드리겠노라며 건네는 명함은
달콤한 언어들을 더 많이 준비하고 있다는
암시다

그렇다면 지금 내 앞의 점괘는 약식인가?

어찌 되었든 내일은 알 수 없는 커튼 속이니
눈앞의 축제나 잘 즐기라는

심오한 뜻 아니겠는가?

길거리 모퉁이 커튼 친 역술가
그 남자의 점괘는 훌륭했다

비밀의 늪

늪이 운다, 허공을 가르는 쇠기러기
반가운 안부일까?
비가悲歌일까?

눈물샘의 수심은 언제나 그대로여서
토닥여 줄 그대 손길 아직도 기다린다

일억 사천만 년의 비밀을 품은 늪이 건네는 말
해오라기의 대화를 엿듣다 보면
말라버린 수초를 산 그림자가 비집는다

계산 없는 뻘의 하루는 이어지고
야금야금 스펀지처럼 빨아들이는 단물의 훼방에
직조된 외로움을 비켜나지 못한 나
꼼짝없이 거미줄에 걸렸음을 안다

늪의 세포 속으로 피어오르는 물안개는
하늘과 땅의 경계를 지우고

숨겨둔 비밀을 가시연꽃으로 끄집어낸다

막 그물을 당겨 올린 초로의 사내
눈물 번진 늪의 눈가에
노 젓던 낡은 목선 한 척 애처롭게 묶어둔다

4

얌전한 유혹에 빠진 밤이면
미나리꽝 달빛도 그의 냄새가 좋다

늪

생각지도 않았던 공돈이 들어오고 있다

(다달이 회비 자동이체한 모임이
하나둘 깨어지고 있다는 것)

그런 공돈이 생긴다는 건
점점 내가 고립되어 가고 있다는 증거지

거미줄로 엮이어가던 시간의 사슬들이
방심의 틈을 헤집고 숫자로 돌아오는 중이라네

나하고 그대, 서너 명 우리 함께
마음 귀퉁이 맞대자고 만들곤 하던 모임들

이러저러한 이유로 하나둘 충치처럼 흔들리거나
난데없는 풍치 되어 고하는 작별은
만남의 공허를 정리하는 또 다른 증거라네

와인병 밑바닥 침전물처럼
내던져 버린 사슬의 잔해가
바닥부터 점점 쌓여갔던 거지

꽃피는 구석

새끼발가락이라고 불러주기 전까지
미미했던 너의 존재가
아파서야 드러나다니

무턱대고 내달리다 돌부리에 걸려서
아파오는 발
그 한 모서리에서 너를 보았다

혼자 웅크린 채
고운 페디큐어조차 비켜 가버린 그 자리
너 거기서 숨 막혀 했음을
미처 알지 못했다

내 미안함은 구석자리처럼 캄캄해서
찾아온 통증이
촛불처럼 환하다

비우다

밍밍한 물맛, 익숙함을 버려야 한다는 건 참기 어려운 물고문이야. 마취가 되기 전 너에게 위로의 문자를 보낸다. 우리의 관계도 밍밍할수록 끈끈하게 더 오래가는 것이라고

숨겨둔 허기까지 쏟아내려고 달지도 짜지도 않은 물을 마신다. 무미한 것들이 아래로 쓸려간다. 장마 끝 개울물에 허우적대며 떠내려가는 돼지. 나무판자 위에는 칫솔통 베고 누운 아버지의 틀니가 얹혀있다

웃던 변기가 쏴~!! 자맥질 몇 번에 찡그리는 표정. 발톱도 머리카락도 움찔거린다. 이제 끈적함을 버리고 밍밍한 물맛의 경지에 이르렀다는 것인가. 몸속을 샅샅이 살펴도 좋을 너의 눈을 나 아무런 거부감도 없이 받아들인다

우연입니다

당신의 손이 검은 가죽 지갑을 열고 나와
내 지갑 속으로 들어옵니다
반짝이던 내 지갑이 더욱 반짝이는 걸 보니
반가운 인연인가 봅니다

당신의 직함과 이력, 전화번호, 팩스, 이메일
압착되었던 방문이 열리고
당신은 우연이라는 말로 브리핑을 마감하는군요

찢어지지 않는 특수 재질의 코팅 앞에서
내 손아귀는 빠르게 절망하는 법을 배웁니다

오래 두면 캄캄할 것 같은 지갑 속에서
황금빛 배경을 가진 그대 이름 세 글자
내게 무슨 소용이 될까를 곰곰이 생각하다가
간택된 순간 당신의 손을
서랍 속으로 밀어 넣습니다

서랍이라는 감옥에서 얼마나 더 머물다가
어디로 떠날지는 나도 모릅니다

아우성

어시장 바닥에 잘린 우럭 대가리들이 나뒹군다

눈 동그란 아이 겁먹은 듯 신기한 듯
"어 엄~마 물고기가 뛰어요……."
떼어놓는 걸음
베트남 새댁은 손을 꼭 붙잡았다

머리통이 없어도 아직 살아 있다는 저 몸의 신호
처절한 몸부림이다

극의 고통과 극의 기쁨이 도마 위에서 통했나!
탕· 탕· 탕· 무심한 칼질에
당신과 나, 언제 어떻게 난도질당할지도 모르면서
얼어붙듯 떼어놓으려던 걸음 멈추어 선다

"국물이 참 시원해요." 우럭의 살점을 발라
종지 속 간장 같은 어둠에 찍어
따뜻한 저녁을 서로에게 건넨다

나팔꽃 인장

반쯤은 역술인 같은 인장업자 그의 방문은
일주일 간격으로 이어졌다

도장은 활짝 핀 나팔꽃 같아야 한다는 말에
내 이름은 조금씩 위태로워졌다

M의 이름자를 받아 적고는
당신은 어릴 적 큰 사고가 나 몸에 흉터가 있다 한다
차녀이거나 막내임에도 장녀 노릇을 하겠다 한다

L의 이름자 앞에서는
당신은 성격은 강하나 정을 많이 베푸는 타입이라
크게 사기를 당했을 거라 한다

그가 읊조리는 우리의 과거는 모조리 사실에 가까웠다

찬란하도록 이어진 각론의 끝, 내 이름자에 붙여진
그의 치명적인 해석은

세 번의 결혼을 하게 될 운명이므로
인印이 아니라 장章으로 미래를 바로잡아야 한다는 것

M도 L도 K도 너덜한 그의 치부책을 거부하지 못했고
두 번도 아닌 세 번이라는 그의 말에 나는
깊은 혼돈에 빠졌다

한동안 이어진 그의 출현에 치명적 해석의 싹은
넝쿨의 마디마다 나팔꽃을 피워댔고
인감도장 세 글자 뒤에 따라붙은 장章으로 인해
요지부동 나는 무거워졌다

나의 마들렌

거울 속에서 울컥한 그녀
거울 밖에서도 울컥한다

고구마를 보면 목이 메는 이유, 그런 이유는 햇살 쏟아지는 오후에 있다. "별일 없나요?" 볼을 스쳐 동봉해 보내는 안부가 붉은 핏줄 같은 넝쿨로 마디마디 잎을 흔들어댈 때 밭고랑은 뜨겁다. 발등도 뜨겁다. 터질 듯 탱탱한 살결 뒤로 채 마르지 않은 움푹한 상흔이 나를 울컥거리게 하는 것이다. 입에 넣은 고구마가 목구멍을 틀어막기 전에 나는 얼른 시어버린 김치를 입속에 밀어 넣는다. 비밀스레 숨은 하나의 점이 수줍은 웃음이라고 햇살은 나를 다독여주고 노을 속으로 떠나갔지만 수증기를 빠져나와 한 겹씩 벗어가던 몸뚱아리. 붉은 고구마는 내 영혼의 가장 보드라운 살점 속으로 걸어들어갔다

나도 몰래 손끝이 닿는다. 근질거리는 화인에

불립문자 不立文字

꾸덕꾸덕 한나절이 말라갔다
흰 블라우스 위로 미끄러지지 못하고 매달린 한 가닥 냉면

방심 같은 문자를 혈흔으로 달구던 여름은
따신 살 내음이다

입안의 온기를 그리워해야 할 너는 가닥진 면발
무리를 이탈해서 내 앞가슴 언저리
얼룩을 남겼다

너와 나의 팽팽한 힘겨루기는
얼마나 더 견뎌야 할 악착스러운 집착인가

더는 거부할 수 없는 너의 문자에
밀어내고 파고드는 관계는
노곤해졌다

불안한 수다

시장 어귀 봄볕 노전
자연산 명찰을 단 미꾸라지들
몸짓으로 우포늪을 구부린다

꿈틀꿈틀 갇혔어도 쉼 없이
서로의 몸을 탐닉하는 저들
쑥스러움도 모르나 봐

하긴, 좋은 날 잡아 나들이 나와
둥근 다라이 안에 갇혔으니
그럴 만도 하지

참아내던 그리움이거나
잠시 보류한 불안을 데리고
나 또한 물안개 피는 늪에 가서 놀아볼까

미래 따위는 생각하고 싶지 않아
수다는 무르익을수록 좋아

그렁그렁해지다가

게워내는 거품꽃

호박도 불편할 때가 있다

십수 년 만에 만난 여고 동창과의 자리
그가 던져오는 질문의 답은
어깨 뒤의 호박이 대신한다

그간 어떤 햇볕을 쐬며 좋아라 하고
어떤 바람결에 숨죽여 견디었으며
어떤 이슬을 먹고 자랐는지를
집요하게 물어오는 그녀

꼿꼿이 밀어올린 노오란 꽃대궁이며
팽팽하게 여문 껍데기조차
발화하는 순간 어쩌면 조금 더 보드라운
가면을 쓸지도 모른다는 호박의 답

무서리 헤치고 나온 상흔인 양
생채기 난 누르스름한 얼굴일지언정
얼마간 편안하다거나 조금은 달착지근하다는 말은
끝내 하지 않았다

〉
오종종하게 몸 안에 매달렸던
박쥐 같은 씨앗들
침묵 속에 갇힌 진실은
검문하듯 물어오는 그가 감당할 몫으로 둔다

애인 길들이기

가열된 그를 닦는다 부드러운 냅킨으로 살살

적당한 온도 맞추지 못해 음식 눌어붙게 하였고
열 조절 안 되어 안겨주던 낭패
그의 해고는 미련 두지 않아야 한다

새로 들인 티타늄 엑설런스
지나친 설렘은 세제를 탄 물에 가볍게 헹구어 낸다
식초를 넣고 팔팔 끓인다
물을 따라내고 달군 뒤 기름을 붓는다

소중히 다루어야 한다는 건 최우선의 철칙
어느 경우이든 서로 어긋나는 건 한순간이야

설렘 가득한 시기에는 가급적 위험한 행진은 피해야만 해
스크래치가 배신의 길로 빨리 내달리게 하니까

내가 그를 길들이는 만큼 그도 나를 길들이는 것이지

딱 그만큼의 온도와

딱 그만큼의 조절로

아까워도 버린다, 오래된 프라이팬

환각의 무게

우당탕 욕실에서 넘어진 뒤, 옆구리가 뜨끔했다. 무료함이 삐끗에 이르자, 어긋남의 통증은 어김없이 찾아왔다

흥미로울 것도 없는 욕조의 모서리가 질서정연한 갈비뼈 하나를 건드렸을 뿐인데 작은 기침에도 쿵쿵 울리는 공룡 발자국 소리

의사의 처방전은 무료했다. "6번 갈비뼈 골절입니다". 나를 옥죄고 있던 것들 그렇게도 많았던가. 돌보던 갈비뼈 하나가 감옥임을 이제서야 안다

성능 좋은 스포츠카로 꿈꾸던 무한질주도, 추고 싶던 열정의 플라멩코도 갈비뼈가 성했을 때라야 가능한 꿈들

호의 뒤로 감추어진 적의까지도 진실의 무게를 재어야 할 때라고, 통증으로 인해 느껴지는 존재의 무게는 결국 밀려드는 약물 앞에서 대책 없이 나른하고 달달할 뿐이다

훌훌

은근슬쩍 이어야 한다, 보여주는 속살은
얼마간은 간지럼도 터트려야 하지

신바람 난 무희舞姬의 얼굴이다. 배롱나무는

손가락 끝만 닿아도 허물어질 꽃에게
석 달 열흘쯤은 머물러 달라고
가뭇없는 너스레로 간들거린다

부질없다. 연모의 그늘
붉은 이야기들 폭죽처럼 터트렸으니
가는 길 헛헛한 냉기가 찾아든들
하늘 길목에서 거둔 마음 헐겁다

꽃잎으로 즈려밟고 간 자리
마음 바닥 보여주던 그대 떠나고 없어도
웬만한 추위쯤은 견딜 수도 있겠다

살비듬 떨구고 간 배롱나무 눈길 뒤에
돌부리로 박힌 내 침묵

참 괜찮은 옵션

울리는 전화를 외면한다
그 또한 그만의 오롯한 자유라서 나무랄 수가 없다

심호흡을 하는 사이 교회 종소리가 울려 퍼지고
선명한 발자국 소리로 보아 당신은 지금 계단을 오르고
있겠다

나 또한 계단을 오르기 위하여서는 얼마간의 워밍업이
필요하겠고
마음의 터, 몸의 터 눕혀줄 여유가 필요했다

부재의 내용물을 모두 알아버리고 나면
열망의 끈조차 스르르 놓아버릴지도 모른다
무중력의 자유로 궤도 이탈한 불안은
그대로 즐거운 늪이 되기도 한다

그의 전화기는 여전히 부재중이 걸리고
서로 다름을 즐기느라

서로 익숙함을 견디어 가는 벨 소리가
태풍을 만난 나무의 잎처럼 귓불을 흔들어댄다

부재가 낯설지 않을 때
이미 우리는 수없이 많은 답신을 보내고 있었던 것이다

아슴아슴 이어지는
놓을 수 없는 끈과 차마 놓지 못하는 끈을
너와 나의 두 손은 꼭 쥔 채
가끔 한 번씩 가만히 들려주는 숨소리

종이 연못

점과 그림이 빚어낸 소우주에
잠긴다, 물방개처럼

28면
맛을 위해 깎고 또 깎았으니
K주 쌀막걸리
시원하다, 구멍 숭숭한 연근처럼

26면
붉은 바탕에 놓인 흰 글씨
삼수가 좋다 삼수장어
파고드는 사람이 좋다
욕심 버린 수행자처럼

야릇한 휘발유 내음 뿜어내며
들숨날숨 온몸으로 번갈아 속삭이는
네모난 너의 창 물안개

숨겨야 할 건 숨기고 드러낼 건 드러낸다

얌전한 유혹에 빠진 밤이면
미나리꽝 달빛도 그의 냄새가 좋다

솜사탕 드라마

난 간섭받지 않는 자유를 원해
서로를 옥죄는 건 원치 않아

엇갈린 채 걸어가던 여자와 남자
깊어진 간극은 무엇으로도 채워지지 않았다

가늠할 수 없는 등 뒤의 사람과
몸 돌리지 않고도 이야기로 통할 수 있다는 건
근사한 사랑의 재발견이라 해두자

가슴이 넓은 남자를 여자는 따랐고
별을 보여주겠노라는 약속에 솜사탕을 나누어 먹으며
게르에서의 동거를 꿈꾸기 시작했지

엉킨 실타래 같은 별 무리 속에서
지겹던 감옥을 더는 그리워할 순 없지
한 소쿠리에 눈빛을 담으려 했던 여자와 남자
낭만의 진심은 어디까지일까

〉
뻔한 이야기라며 그는 또 핀잔
중후한 남자가 기다리는 드라마는
휴일 밤 끝이 났다

균열 틈새에 심호흡을 밀어 넣고는

오후의 대국

마주 앉은 흑과 백 사이 긴장이 흐른다

좌와 우가 주고받는 선문답
퍼질러진 오후의 그늘을 단돈 오천 원으로 차용하고
뚫어지게 노려보는 가로세로의 광장

무대 위는 무수한 갈림길
나 조금 덜 외롭고자 오늘의 판을 점치는데
한순간 배팅으로 역전이 되기도 하는 게 생이라는 듯
가끔은 뒤바뀌는 흑과 백이 있어
기원은 위안이 되어 북적거린다

속내 알 수 없는 길목에서 만난 억겁의 인연
집으로 갈리는 길 위의 한판승

우린 우리만의 방식이 있는 거야

"한 수 배울 수 있을까요"는
낯선 적수가 건네는 한결같은 물음

초월을 향한 사유思惟의 변주

이 태 수 | 시인

   i) 김정아의 시는 일상日常의 느낌과 생각들을 다양하게 변주變奏한다. 안(내면)에서 바깥으로, 바깥에서 안으로 스미거나 번지면서 빚어지는 사유思惟의 변주가 무거움과 어두움에서 그 반대편으로 길을 트는 두 극단이 길항拮抗하는 양상으로 진전된다. 하지만 불투명한 현실과 미래에 대한 불안과 비감들이 그 초월을 향한 꿈과 은밀하게 연계連繫되고 있다.

   시인은 현실과 환상, 판단과 그 유보 사이를 넘나드는가 하면 벗어나기 어려운 미로迷路를 헤매면서 자책自責에 가까운 언어들을 수다처럼 펼쳐내지만, 다분히 역설적逆說的인 빛깔과 무늬들을 내비치기도 한다. 마치 반투명의 유리벽 속처럼 모호하고 갑갑한 상황에 갇힌 채 버킷 리스트와도 같은 꿈을 끌어안고 있기 때문인지 모른다.

   서사적敍事的인 구문들이 고삐를 죄고 있지 않은 듯한 그의 시들은 대개 서술에 기대면서도 대상에 내면內面을 투사하거나 감정이입感情移入을 하고 있다. 하지만 섬세한 감성, 첨예하고 분방

121

한 언어 감각과 발랄한 수사들이 미묘한 심리心理의 움직임들을 받들고 있어 시적 긴장이 유지되며, 빈번하게 구사되는 알레고리와 은유隱喩들이 그 깊이와 넓이를 강화해 준다.

ii) 시인은 일상적으로 조우하는 '한때'에 천착穿鑿하고 집착한다. 그 '한때'는 이따금 빛깔을 달리하면서 투명해지다가 모호해지며, 내면으로 향하는가 하면 외부로 번지는 양상으로 길항한다. 외부의 환경이나 요인에 따라 시인의 심리가 복잡하고 미묘하게 바뀌는지, 마음의 움직임에 따라 외부 환경과 요인들이 미묘하고 복잡하게 달라지는지, 시인이 마주치는 '한때'는 그야말로 복잡다단한 빛깔과 무늬들로 미만彌滿해 있다. 시 「한때」는 그런 조짐을 시사하는 서곡序曲 같고, 암시暗示 같기도 하다.

따라붙으면 운명도 파릇해질까
'한때'를 기웃거린다

퇴색해버린 수채화 속에서도
뜨거움이 만져지는 한때가 있었다고

벙글어 터질 듯 웃던 한때
울먹였던 한때
찬란했던 한때

지나간 말의 부스러기들을
서로 엉켜 붙이다가

우리는 서로의 얼굴이 박제된 걸 알았네

웃는 나를 또 누군가 따라 웃을 한때

남겨진 한때가
돌아올 한때를 기다린다고
한때를 지키고 있는 것 또한
한때라고

쏟아내었던 거친 숨결에도 익숙해지던
오늘도 어제로 남을 우리의 한때

　　—「한때」전문

　시인이 느끼는 '한때'는 다양한 모습으로 다가오고 멀어지며
서로 부딪치기도 한다. 그 '한때'는 색깔이 바랜 수채화 속에서
도 뜨거움이 만져지게 하며, 크게 웃고 울먹이는 동작과 찬란한
모습으로도 나타난다. "웃는 나를 또 누군가 따라 웃을" 때를
미리 거느리고, 남겨져서 돌아올 때를 기다리게 하며, 그 기다림
을 지키고 있을 때도 있으나 "오늘도 어제로 남을" 때를 예비豫
備하기도 한다.

　시인이 드러내 보이는 '한때'는 이같이 복합적인 심리상태를
보이거나 외부 요인에 의한 비애悲哀나 파토스와 무관하지 않으
면서도 일말의 기대감과 은밀하게 연계되고 있다. "지나간 말의
부스러기들"을 아우르다 "서로의 얼굴이 박제된 걸" 알게 되는 '

운명'에서 자유롭지 않아지고, "거친 숨결에도 익숙해"져 있으나 그런 '운명'과는 다르게 "파릇해"지기를 바라는 기대감의 끈을 놓지 않고 있기 때문이다.

이 같은 '한때'에 대한 미로 속과도 같은 생각들은 까마득한 단군신화檀君神話에까지 거슬러 오르면서 "아직도 곰인 채 웅녀熊女가 되고 싶은"(「봄, 불시착」) 심정에 젖게 하거나

"나는 누구지?"
"어디서 왔더라?"
"어디로 가야 하지?"

─「봄, 불시착」 부분

라는 회의懷疑에 빠지게도 한다. 공동체적 삶이 "아무도 들어오지 못하게 / 아무도 빠져나가지 못하게 / 알다가도 모를 듯 / 모르다가도 알 것 같은 / 울타리를 치는 거"(「우리」)나 다르지 않다는 데도 느낌이 닿게 한다. 우리의 삶은 "딱 그만큼의 거리에 / 딱 그만큼의 간격으로 / 기둥을 세우고 펼치는 철망"(같은 시)이 있는 울타리의 기둥 세우기와 철망鐵網 치기로 느껴지기 때문일 것이다.

그러나 시인은 이 같은 더불어 살아가기에 대해서는 알 듯하면서 모를 듯하더라도 체념諦念이나 포기를 하기보다는 그 '한때'에 집착하면서 대결하려는 의지意志를 드러내며, 집착이나 대결이 미덕이라는 생각에도 이르게 한다.

죽도시장 질펀한 난전. 시멘트 바닥에 덩치 큰 문어가 엎드려 사투 중이다. 바닥에서 절대 떨어지지 않으려는 저 흡착

버둥거리는 두 다리를 파란 밧줄로 묶으니 나머지 다리가 재바르게 엉킨다. 필사의 저항이란 바닥을 온몸으로 움켜쥐고 놓지 않는 것. 노란 고무장갑 춤사위가 점점 요란해져도, 우우 구경꾼이 몰려들어도 끝내 문어는 바닥을 고집한다.

잡힐 것인가, 말 것인가. 나를 잡아끄는 커다란 손 앞에서 한 번쯤은 온몸으로 바닥을 움켜쥐고 버티어보는 것도 저 문어에게 배워야 할 예의일 듯

—「대결對決」 전문

포항 죽도시장 난전의 '한때'를 포착한 이 시는 잡히지 않으려고 필사적으로 버티는 문어文魚와 기필코 잡으려는 '노란 고무장갑'(상인), 몰려드는 구경꾼(고객)들과 '나'(화자) 사이(관계)를 부각시키고 있으나 세상 삶의 한 단면 묘사에 다름 아닌 것으로도 읽게 한다. 시멘트 바닥에 흡착하며 필사의 저항으로 사투死鬪하는 문어와 팔기 위해 요란한 동작으로 잡으려는 상인, 그 광경을 구경 삼아 바라보는 사람들이나 그 사람들 틈에 있는 '나'(화자)도 바로 세상의 그런 상황에 놓여 있는 '우리'와 별반 다르지 않다.

시인은 이 시의 마지막 연에서 문어의 필사적인 저항을 "나를 잡아끄는 커다란 손 앞에서" 잡힐 처지에 놓인 화자의 문제로 바꾸어 바라보면서 그 처절한 저항은 배워야 할 덕목이며 예

의라는 생각도 하게 된다. 이 대목에서 각별하게 주목해야 할 점은 '예의'라는 덕목이다. 어시장魚市場의 난전 풍경이 예의나 염치廉恥가 실종되다시피 한 '커다란 손 앞'의 요즘 세상 풍경과 다를 바 없어 보이기 때문이다.

시인이 포착하는 '한때'가 앞의 시에서와는 다른 빛깔을 띠면서 발랄한 언어 감각으로 다소 들뜬 분위기와 재치있는 수다를 보여주는 작품이 표제시 「채널의 입술」이다. 왜 굳이 이 시의 제목을 이 시집의 얼굴로 내세웠는지는 알 수 없지만, 전체적인 흐름과는 다소 이질적이더라도 수사의 묘미와 개성을 신선하게 떠올린다는 점에서 눈길이 머물게 한다.

붉은 입술 속으로 랍스터 뽀얀 속살이 들어와요

망설이지 마세요. 망설이면 후회합니다
절대 채널을 돌리시면 안 됩니다

기하급수적으로 올라가는 주문 전화
얼마 남지 않은 시간은 원 플러스 원
이런 구성은 어디에도 없다고
더 이상 있을 수 없는 소중한 기회라고
감추어둔 내 후회의 시간을 들춰내고 있어요

달콤하고 말랑말랑한 말들 모두 진실 같군요
지저귀는 그녀는 앵무새잖아요

아~!! 역시 현명한 분들이 많으시군요

매진 임박입니다. 서두르세요

나는 채널을 돌리지 않아요

시간이 정말 얼마 남지 않아서
입술까지 둥둥거리게
더 빨리 뛰는 심장

　—「채널의 입술」 전문

　영상매체(TV) 홈쇼핑을 통해 랍스터 요리 광고를 하면서 전화 주문을 부추기는 모습 묘사에 화자의 심리와 판단(반응)을 곁들여 쓴 시다. 붉은 입술과 붉은 색깔의 랍스터, 입술 안으로 랍스터의 뽀얀 속살이 들어가는 감각적 묘사로 시작되는 이 시에는 채널을 고정하고 빨리 주문하라고 계속 독려하는 쇼호스트의 말과 화자의 말이 주로 구어체口語體 문장으로 서술된다.

　화자가 곁들이는 "달콤하고 말랑말랑한 말들 모두 진실 같"다든가 "지저귀는 그녀는 앵무새잖아요"라는 코멘트와 "감추어둔 내 후회의 시간을 들춰"내며 "채널을 돌리지 않"는다는 독백의 뉘앙스가 재치있게 구사된다. 특히 "입술까지 둥둥거리게 / 더 빨리 뛰는 심장"이라는 표현은 과장誇張인 듯하면서도 이 시의 분위기를 돋우어주고 있다.

　iii) 그렇다면, '한때'의 연속連續인 '일상' 속에서 시인이 마주치는 현실은 어떠한가. 생활인으로서의 시인은 우울한 날과 그런 길을 비켜서기 쉽지 않고, 사각의 통유리에 부닥쳐도 멀쩡한 것 같았지만 시간이 흘러 생긴 멍이 이마에 박혀 있다가 가슴 깊숙이 내려오는 걸 느끼게 된다. 지나칠 정도로 허방 놀음을 한다는 생각이 들거나 '갖은 폼'으로 행세하려 했던 오만傲慢의 순간이 부끄러워진다는 자성自省과 자책감自責感에 이를 때도 없지 않다. 복잡한 미로에 갇혀 있다거나 어떤 관계에서 잠시 멀어진다고 해도 결코 서로에게서 벗어날 수는 없다는 사실을 깨닫게 한다.

카멜레온을 목에 걸고 출근을 해요

구석에서 벗어나고 싶은 나는
단단히 묶인 목 혈관으로
빌딩의 기분을 몰래몰래 살피지요

와르르 무너져내릴 것만 같은
도미노 인형이 되어
복잡한 미로에 갇힌 나는
점점 단순해지고 싶죠

둘러댈 아무런 핑계와
던져둘 자존심 따위는
이미 목을 감싼 그의 몫인 거죠

변신을 멈춘 올가미 앞에서
구겨 던진 저녁은

아늑해지죠

　　—「블루데이 블루웨이」 전문

　시인이 사회인으로 그 현장에 나서는 길은 우울하며, 소외감
疏外感과도 멀지 않다. 주위의 환경이나 빛과 온도, 감정의 변화
에 따라 몸의 빛깔을 수시로 바꾸는 카멜레온이 될 수 없으므로
궁여지책이듯 그 목도리를 하고 출근길에 오른다.

　구석(소외감이나 박탈감)을 벗어나고 싶은 분위기 파악도 드
러나지 않게 그 목도리에 묶인 혈관으로 하며, 한꺼번에 넘어질
수 있는 도미노 인형같이 갇혔다고 느끼면서도 복잡한 생각을
하지 않고 싶어 한다. 더구나 잘못이 있었다고 하더라도 핑계와
자존심마저 그 목도리의 몫으로 돌려놓는다.

　하지만 집으로 돌아와서는 그 사정이 사뭇 달라진다. 굳이 그
런 목도리를 하지 않아도 되므로 구겨 던지고 나면 아늑해지는
안도감安堵感으로 회귀할 수 있게 된다. 물론 이 같은 안도감은
"갑갑해집니다. 사각의 방 눈부신 유리 벽 / 야위어가는 기다림
은 언제까지일까요"(「화사해볼까요」)라는 간절한 기다림을 담
보하고 있기도 하다.

　시인이 표면적으로 드러내는 자기비하적自己卑下的이거나 자
책적인 알레고리와 은유는 사실을 사실 그대로 그리는 게 아니
라 잘못 돌아가고 있는 사회의 병리현상을 향한 비판을 뒤집어
서 하는 경우라 할 수 있다. 「허방 놀음에 빠지다」에서 "진리 숨
긴 진리가 실체인 거리를 활보"한다든가 "종종걸음 촛농 먹고
자라는 좀비들", "현실도 미래도 온통 이해 불가 투성이", "도깨

비 놀음하다 꿈이 빠져나간 사방은 허방", "유적지도, 공원도, 사원도 지금 좀비들은 / 포켓몬 친구를 쉼 없이 부화하네요"라는 구절들은 그 사실을 여실히 방증傍證한다.

그러나 다른 한편으로는 자신의 사소한 잘못에 대해서도 가혹할 정도로 자기반성을 하고 있어 겸허謙虛한 마음자리를 엿보게 한다. 시금치 요리를 하다가 금이 간 접시를 목도하면서 "갖은 폼으로 행세하려 했던 / 오만의 순간이 부끄럽다"(「취급주의」)며 "빛의 순간들이 통증 속으로 들어온다"(같은 시)고 아파한다. 역시 실수(부주의)로 통유리에 부딪쳐 이마에 멍이 들었는데도 순전히 긍정적인 시각으로만 받아들인다.

> 서로를 떠밀다가 우리는 얼얼해졌다
>
> 치열하게 반겼다고 해야 하나
> 사각 통유리와 나
> 서로 멀쩡한 걸로 보아
> 우리의 이마 참 단단하다
>
> 〈중략〉
>
> 나른한 통증에 보태어진 멍은
> 이틀이 지나고서야 내게로 찾아와
> 버킷 리스트 하나를 더 추가하게 한다
>
> 거북한 상처의 깊은 뜻

예견하지 못한 곳에서는
조금만 느리게 가라는 경고일 것이다
이마에 박혀 있다가
가슴 깊숙이 내려온 멍

　　―「멍」 부분

　투명한 사각의 통유리에 부닥친 것을 자신과 유리가 서로 떠밀다가 그랬거나 치열하게 반겨서 그랬다고 생각하는 마음은 예사롭지 않아 보인다. 게다가 당장은 서로 멀쩡했으니 "우리의 이마 참 단단하다"고 통유리에도 생명력과 인격人格을 부여하고 격상格上시키기도 하며, 통증을 동반한 이마의 멍을 "이마에 박혀 있다가 / 가슴으로 깊숙이 내려" 왔다고 하면서도 죽기 전에 꼭 해야 할 일(버킷 리스트) 하나를 보탰다고 여기기까지 한다. 이마의 멍을 두고도 "거북한 상처의 깊은 뜻"으로 새기려고 하며, 미리 알지 못한 곳에서는 조금만 느리게 가라는 경고로도 받아들이는 마음자리는 더욱 아름답다.
　「모바일문」은 「멍」과는 뉘앙스가 전혀 다른 메시지를 담고 있지만, 통신기기인 모바일(휴대전화기)을 자신과 아주 가까이 끌어당겨 생명력과 인격을 부여해 놓는가 하면, 일상에서 떼려야 뗄 수 없는 반려伴侶로 떠올려 보인다.

　　서로의 몸 가장 깊은 곳에 세포로 새긴 작은 칩의 우주는
　　서로를 구속한다고 해도
　　모르게 놓쳐버린 것들에 대해

우리는 또다시 미로를 헤매지

환각 같은 달빛을 함께 기다리기도 했으니
안타까워하거나 아쉬워할 이유가 없다는 것이지

우리 잠시 멀어진다고 해도
결코 서로에게서 벗어날 수는 없지

　　　　—「모바일문」부분

　모바일과 함께하는 여행(모바일문)에 대해 쓴 이 시는 모바일에 인격 부여뿐 아니라 "세포로 새긴 작은 칩의 우주"라고 격상시키면서 자신(화자)과는 서로 구속拘束하는 관계로 그려놓고 있다. 더구나 때로는 그 관계를 놓쳐 버려 잠시 멀어진다고 해도 결코 서로에게서 벗어날 수 없을 정도로 불가분不可分의 관계라고 그린다. 이는 곧 모바일과 함께하는 여행이 일상화됐다는 메시지에 다름 아닐 것이다. 「보라의 길」에서 오동꽃이 환하게 핀 모습을 "무언가를 가득 채운 폴더처럼"이라고 한 대목도 이 같은 사실을 에둘러 말하는 것으로 볼 수 있다.

　iv) 시인은 삶의 현장에서와는 달리 집안에 한가롭게 머물거나 자유롭게 외출할 때는 마치 카멜레온이 변신變身을 하듯이 감정이 분방하게 바뀌며 현실과 환상, 판단과 그 유보 사이를 넘나든다. 무거워졌다가 가벼워지고 밝아졌다가 어두워지며, 연약해졌다가는 그 반대 방향으로 나아가기도 한다. 이 같은 감정의 기복起伏은 그만큼 시인의 감각과 감성이 섬세하고 예민하다는 방증으로도 읽힌다.

시인은 「몸값 올리기」에서 "치명적 선택 앞에서 기준을 갖지 못한 나는, 오늘도 카멜레온이 된다"고 다소 과장된 어법으로 말한다. 이 시에서의 "고깔 쓴 복숭아는 창백한 얼굴이어도 값은 비싸다. 기미와 주근깨 내려앉은 복숭아는 맛은 좋으나 헐값이다."라는 대목과 「혼밥족」에서의 "겉보기와 다르게 속절없이 / 속은 부드러운 바게트 빵 / 씹을수록 고소해"라는 구절이 시사하는 바와 같이, 어떤 사물과 일도 겉과 속이 다를 수 있으므로 섣불리 가치 기준을 정하기 어려울 것이다.

시인이 집에 머물면서는 그리움에 젖다가 추스르기도 하고, 불안해하다 평정을 되찾는가 하면, 마음이 무거워졌다가 가벼워졌다 하며, 우울해졌다가도 무덤덤해지고, 밝아졌다가 어두워지기도 한다.

> 참아내던 그리움이거나
> 잠시 보류한 불안을 데리고
> 나 또한 물안개 피는 늪에 가서 놀아볼까
>
> 미래 따위는 생각하고 싶지 않아
> 수다는 무르익을수록 좋아
> 그렁그렁해지다가
> 게워내는 거품꽃
>
> —「불안한 수다」부분

우포늪의 '거품꽃'을 떠올리며 이런 생각들도 해 보았겠지만, 집에서 "아프리카에서 건너온 스투키가 / 모래 화분에 갇혀 말라가고 있"(「모래시계」)는 모습을 보며 연약한 마음으로 안타까워 한다. 그러나 이내 한 발 물러서서는 "우리는 자주 무거워졌고 / 뒤집어주는 계절의 손에 가끔씩 / 먼지처럼 가벼워지기도 했다"(같은 시)고 외부 요인에 의해 바뀌는 심경心境을 드러낸다.

「그들의 시나리오」에서는 "헛꽃 거느린 산수국"과 마주치며 "꽃을 닮아가는 생존법에 / 발등 부어오르도록 먼 길 걸어온" 자신도 "차라리 헛꽃이고 싶어"진다고 토로하고 있으며, 「간벌하다」에서는 휴대전화에 등록된 일천 명의 이름 중에서 "남보다 못한 이름들"을 하나씩 지우면서

그녀 그리고 당신조차도
지금 내 손끝에서
바람 앞 촛불처럼 불안하다

〈중략〉

나의 숲에서 솎아내어야 하는 건
기력이 다한 나무들과 솔잎혹파리처럼 번지는
근거 없는 나쁜 소문들

　　　—「간벌하다」 부분

이라고, 나쁜 소문들을 퍼뜨리는 사람들과는 단절하겠다는 결의를 내비친다. 가까운 사람을 '그녀', 더 가까운 사람을 '당신'이라고 지칭했겠지만, 그런 사이라도 자신의 숲(전화 번호들)에서는 "바람 앞의 촛불"이 될 수 있으며, 기력이 다한 나무들 갉거나 소나무를 죽게 할 정도로 고질적인 전염병을 번지게 하듯 나쁜 소문들을 근거도 없이 퍼뜨리는 사람들과는 소통疏通도 하지 않겠다는 결기마저 불사한다.

엘리베이터 거울에 갇혀 있던 여자
한 남자가 올라탄 후
정색한 정적에 한 번 더 갇혔다

6층에 엘리베이터 멈추어 서자
엄마 손잡고 오른 아이가
그 남자와 나의 정적 속에 다시 갇혔다

네모난 공간 숫자 5에 멈추자
할머니보다 지팡이가 먼저 발을 들여놓는다
그때서야 아이가 앵무새처럼 정적을 깨운다
"안녕하세요?"

거울을 보던 여자와 마주 보는 남자
노란 모자 아이와 손을 잡고 선 아이의 엄마,
할머니 그리고 다섯 사람 사이에 세워둔 지팡이는
알 수 없는 어떤 메시지 같다

평화로운가, 우리는 지금?
한 통 속에 갇혀 순번 없이
자문하면서
지하로 내려가는 중

　—「공감, 한 통 속의」 전문

　　외출하려고 아파트의 엘리베이터를 타고 지하 주차장으로
내려가는 도중의 장면을 묘사한 이 시는 화자의 감정을 오롯이
이입移入해 놓았다. 동승한 승객의 침묵을 각기 다르게 '갇힌 정
적'으로 그리면서 그 정적을 아이가 깨웠지만, 다섯 사람 사이에
세워둔 지팡이가 알 수 없는 '어떤 메시지'라는 대목에 이르면 각
별하게 주목하지 않을 수 없다.

　　아주 가까이서도 단절된 사람과 사람 사이는 '갇힌 정적靜寂'
이지만 지팡이는 사람들과 달리 표정이나 감정도 없는 '정적'일
뿐이기 때문이다. 시인의 그래서 "평화로운가, 우리는 지금?"이
라고 묻고 있으며, 이런 정황에 비아냥거리듯 '공감'이라는 말을
붙여놓았는지도 모른다.

　　또한 서랍을 정리하다가 많이 모인 동전銅錢들을 꺼내 "먼지
를 닦고 쌓아올려 놓으니 / 누구나 소원을 빌어도 좋을 / 적요
한 겨울 철탑" 같은 「겨울 철탑」에서는 "웅크린 살색은 여전히
거뭇하지만 / 활보하고 다닌 거리를 합치면 / 지구 한 바퀴쯤의
거리는 되지 않을까"라고, 탑을 쌓을 정도의 동전이 모일 때까
지의 물리적 거리를 끌어당겨 상상해 보기도 한다.

　　몸에 이상異常이 생겼을 때도 적잖은 생각들이 교차한다. 다

쳐서 통증痛症에 눌리면서도 평상시의 생각들을 제쳐놓기는커녕 되레 그 이전의 생각들을 선명하게 불러놓기도 한다.

우당탕 욕실에서 넘어진 뒤, 옆구리가 뜨끔했다. 무료함이 삐끗에 이르자, 어긋남의 통증은 어김없이 찾아왔다

〈중략〉

"6번 갈비뼈 골절입니다". 나를 옥죄고 있던 것들 그렇게도 많았던가. 돌보던 갈비뼈 하나가 감옥임을 이제서야 안다

성능 좋은 스포츠카로 꿈꾸던 무한질주도, 추고 싶던 열정의 플라멩코도 갈비뼈가 성했을 때라야 가능한 꿈들

호의 뒤로 감추어진 적의까지도 진실의 무게를 재어야 할 때라고, 통증으로 인해 느껴지는 존재의 무게는 결국 밀려드는 약물 앞에서 대책 없이 나른하고 달달할 뿐이다

　　―「환각의 무게」 부분

위의 부분 인용에서도 읽게 되는 바와 같이, 다친 걸 무료함이 삐끗에 이른 어긋남이고, 골절骨折된 갈비뼈도 돌보지 못해 그렇게 됐다고 여기며, 골절로 인한 통증을 감옥이라고도 생각한다. 게다가 평소 스포츠카로 무한질주를 하고 싶었거나 추고 싶던 열정의 플라멩코까지 떠올리는가 하면, 진실의 무게와 존재의 무게까지 짚어보는 환상에 빠지기도 한다. 게다가 이 모든 것

을 환각幻覺의 무게로 바꿔 읽으며 치유과정의 고통도 나른하고 달달하다고 표현하고 있다.

v) 시인의 관심은 폭과 그 보폭이 외부의 자연이나 사물, 사람들을 향할 때는 확대된다. 그 관계 속에서 자신의 내면을 투사하는 양상으로도 다채롭게 펼쳐진다. 시인은 길을 나서면서 마주치는 식물과 동물, 무생물들에마저 사람과 같은 반열班列에 놓고 바라보거나 그 이상의 존재로 격상시켜 우러러보기도 한다. 「동행」은 오래된 바위를 마치 성자聖者같이 우러르는 마음의 그림이다.

커다란 꽃 천막 펼친 나무 아래
언제부터인지, 바위는 그 자리에 앉아 있다

천의 꽃송이 각혈을 하고 또 해도
그걸 지치도록 바라보는
창백한 결가부좌

〈중략〉

전사의 강인함 깃든 바위 그대에게
촉촉한 바람 냄새 펑펑 터지는 축제의 날에
나 모진 열병 그만 눕혀도 좋으리

주렁주렁 링거를 단 나무가

이제 수액을 건넬 차례다

　　　—「동행」 부분

　　바위와 꽃이 핀 나무를 예찬하는 이 시는 언제나 같은 자리에 있는 바위와 그 옆(위)의 꽃나무의 동행同行을 성스럽게 그리고 있다. 오래된 바위도 늙은 꽃나무도 시인의 감정이입으로 마치 성자와 같이 받들어져 있다. 바위는 부처처럼 결가부좌結跏趺坐로 앉아 있고 꽃나무는 큰 천막을 치듯 꽃을 가득 달고 서 있으며, 창백하지만 강인한 바위는 꽃잎들이 무수히 떨어져 내려도 깊은 경지에 들어 마냥 바라보기만 한다.

　　시인은 이 광경에 촉촉한 바람 냄새까지 가세한 축제의 장으로 바라보고 있을 뿐 아니라 자신도 모진 열병을 눕혀 동참하고 싶어 한다. 꽃나무는 늙어 렁거로 생명력을 돋우지만 꽃이 지고 나면 바위에 그 다음은 수액樹液을 건넬 차례라고까지 바위를 떠받든다. 이들의 동행은 그야말로 성자의 축일祝日을 방불케 한다.

　　시인의 발길이 서울 성북동의 길상사에 이르러서는 줄지은 저택의 담장에 붉게 물든 담쟁이 단풍에 마음 끼었으며 앞의 시와 거의 마찬가지로 경이로운 감정을 투영한다.

　　　제 몸 절반쯤 상처로 얼룩을 만드는 잎들
　　　거기서 거기인 나의 반경에 비하면
　　　저 담장 안에는
　　　아마도 별나라 공주가 살고 있을 거라고

그래서 담쟁이들도 자꾸만 기어오르는 거라고
상상은 칭칭 금기의 담을 타고 올라갔네

높고 높은 저 허공을 휘젓는 손

머나먼 우주 이야기 한번 들어보려고
걷고 걸어 푸른 하늘에 닿았는가

무소유의 푸른 하늘이 부러웠을 뿐이니
담쟁이길 아마도 여기가 길상사였네

　　—「담쟁이길」부분

　　길상사 자체보다는 길상사로 가는 길 저택 담장의 담쟁이 넝쿨에 마음 가져가는 이 시는 담쟁이가 성북동 부촌의 높은 담장을 기어오르는 모습을 신비神祕의 세계를 향한 것으로 묘사한다. 남성으로 여겨지는 담쟁이가 금기禁忌의 담장 너머의 별나라 공주를 흠모해 찾아가는 모습으로 상상하면서 담쟁이 줄기를 높은 허공을 휘젓는 손으로 보고 있다.

　　더구나 담쟁이의 담장 기어오르기는 공주로부터 우주 이야기를 들어보려는 하늘 오르기이며, 그 담쟁이길이 바로 '무소유無所有의 푸른 하늘'을 부러워하고 지향하는 길상사라는 데까지 상상을 비약시킨다. 시인은 길상사에서 수행修行했던 '무소유의 승려(법정)'도 염두에 두지 않았는지 모르겠다.

　　한편, 이 같은 환상과는 달리 자연 풍경과 동물, 사람들을 바

라보는 시선이 무상감無常感과 허무, 비애와 연민으로 번지기도
한다. 혼자된 왜가리가 마을 앞 개울에서 언제나 한쪽 발을 바
꾸지 않고 외발로 서 있는 것을 목도하면서 "지그시 눈 감고 돌
리는 하늘 트랙 / 은하도 왜가리도 나도 저 혼자 흐른다 / 우린
이렇게 늙어가는 거야"(「풍경의 트랙」)라는 무상감에 젖기도 하
고, 배롱나무의 꽃들이 진 뒤의 모습을 그리면서 "살비듬 떨구
고 간 배롱나무 눈길 뒤에 / 돌부리로 박힌 내 침묵"(「홀홀」)이
라는 허무와도 마주친다.

> 몸뚱아리 포갠 두 마리 광어가
> 인적 끊긴 수산시장 적요에 갇혀 있다
>
> 그들을 가둔 건 작은 플라스틱 바구니
> 운신할 공간을 갖지 못해
> 서로 포갤 수밖에 없는 두 마리 광어는
> 맞닿은 맨살로 교신을 나눈다
>
> 〈중략〉
>
> 말로 다 못 할 고민들로 까무룩 숨죽이고 있던 나
> 누군가에게 적막의 흰 살갗을 보여줄 수 있다면
> 등이 조금 무거운들 어떠리
>
> 가끔은 아래쪽 광어와 위쪽 광어가
> 아무도 몰래 자리바꿈을 하기도 하는
>
>   —「아무도 모르는」 부분

수산시장의 플라스틱 바구니에 두 마리의 광어가 포개진 채 갇혀 겨우 운신運身하는 상황과 아무에게도 말로는 다 못 할 고민으로 숨죽이고 있는 화자의 심경을 포개어 보여주는 이 시는 겨우 아래위로 자리바꿈할 운신의 여지밖에 없는 광어와 자신의 처지를 하나로 묶어 적요寂寥에 갇힌 것으로 바라보는 경우다.

광어들이 인적도 끊긴 채 적적하고 고요한 데 갇혀 있고, 화자는 누구에게도 말하지 못할 고민으로 까무룩 숨죽이고 있다고 표현했지만, 이 지경이면 적요 너머의 절박한 상황이지 않은가. 광어들에게는 짙은 연민을 보며, 기실은 자신의 짙은 비애를 떠올리는 것으로 보이기 때문이다.

> 혼자 숨어들 커튼도 때때로 필요하다
>
> 남의 앞날을 잘 내다보면서
> 자신의 앞날엔 무채색 커튼을 드리운 남자
> 재물운도 인복도 대체로 괜찮다고
> 내 운세를 점친다
>
> ―「꽃그늘 커튼」부분

이 시는 화자의 운세運勢를 점쳐준 역술가易術家에 대한 연민을 보여준다. 남의 앞날을 잘 내다보면서 자신의 앞날은 모르는 경우를 희화적戱畵的으로 그리고 있지만, 앞날이 불투명한 인간들에 대한 연민으로 확대해석해도 좋을 듯하다. 우리는 어쩌면 '

무채색無彩色 커튼'을 드리우고 앞날을 더듬어 바라볼 수밖에 없는 사람들일는지 모른다. 시인은 그런 불투명한 현실과 미래에 대한 불안과 비감 속에서 그 초월을 향한 촉각을 은밀하게 곤두세우고 있는 것 같다.